NOUVEAU RÉPERTOIRE DRAMATIQUE.

ACTÉON,

Farce mythologique.

PRIX : 3 SOUS.

Paris,
MARCHANT, ÉDITEUR,
Boulevart Saint-Martin, 12.

1836.

ACTÉON

ET

LE CENTAURE CHIRON,

FARCE MYTHOLOGIQUE MÊLÉE DE COUPLETS,

PAR MM.

THÉAULON, DUVERT et DE LEUVEN.

Représentée pour la première fois, à Paris sur le théâtre de la Porte Saint-Martin, le 10 mars 1836.

Paris,
MARCHANT, ÉDITEUR,
Boulevart Saint-Martin, 12.

1836.

Personnages.	Acteurs.
ACTÉON, jeune seigneur grec.	M. ALCIDE TOUSEZ.
LE CENTAURE CHIRON, précepteur d'Actéon.	M. SAINVILLE.
DIANE, chasseresse et Déesse.	Mlle AUGUSTINE.
CLYTIE, jeune villageoise.	Mlle PERNON.
Nymphes de Diane.	

La scène se passe dans une forêt aux environs de Mégare.

IMP. J.-R. MEVREL,
Passage du Caire, 54.

ACTÉON,

Farce mythologique mêlée de couplets.

Le théâtre représente une forêt. A droite, vers le fond, un buisson de roseaux masquant une fontaine. A gauche, sur le premier plan, un banc de gazon.

SCÈNE I.

CLYTIE, *entrant en pleurant.*

Air *de Bérat.* (Le Pâtre du Tyrol.)

Quel malheur d'être ainsi trompée !
Rien, non rien ne m' consolera !
Ah ! de l'ingrat qui m'a dupée,
Qui donc, ici, me vengera ?
Ah, ah, ah, ah, ah !
Qui me vengera
De l'amant qui m'outragea ? *bis.*
Après des tracas et des peines,
J'espérais avoir un mari !
J' croyais en t'nir un dans mes chaînes,
Hélas ! Hélas ! il s'est enfui !

Quel malheur d'être ainsi trompée ! etc.

Il ne m' reste plus qu'à m' périr.... à seize ans! c'était bien la peine de venir au monde! (*On entend une fanfare dans le lointain.*) Un air de chasse! si c'était Actéon, mon traître, mon scélérat!.. sous prétexte que monsieur est grand chasseur, il a l'air de me mépriser à présent.... On dit qu'on a vu des rois épouser des bergères... je ne vois pas pourquoi les chasseurs feraient tant les renchéris. Ah! si c'était lui, je ne suis pas méchante, mais je trouverais bien de l'agrément à lui arracher les yeux. (*Le bruit du cor se rapproche; elle va regarder vers le fond.*) Mais non... c'est Diane, notre bonne déesse, qui court les bois, suivant son habitude, avec ses demoiselles d'honneur, qu'elle appelle ses nymphes, je ne sais pas trop pourquoi... J'ai bien envie de rester sur son passage... ma foi, oui... si elle est de bonne humeur, elle pourra m'accorder quelque chose... c'est toujours comme ça que ça se fait... mettons-nous là... bien en vue...

Elle monte sur le banc à gauche.

SCÈNE II.

CLYTIE, DIANE, ses Nymphes *en chasseresses avec des arcs et des flèches.*

CHOEUR.

Air *de Monpou.* (Le lever.)

Assez courir, mes belles,
Les daims et les gazelles;
Ici reposons-nous!
Sous cet épais feuillage,
Sous ce charmant ombrage,
Le repos sera doux.

DIANE.

Quelle heureuse journée!
La douce matinée!
Qu'il fait bon dans les bois!
Moi, je suis intrépide,
Et ma flèche rapide
Met le cerf aux abois.

CHOEUR.

Assez courir, mes belles, etc.

DIANE. Quelle superbe chasse nous avons faite!.. le grand air, les forêts, la liberté, ah! voilà le bonheur... ici, point d'hommes pour nous dicter des lois, nous séduire et nous tromper... ils sont à jamais bannis de ma cour et s'ils osaient nous regarder en face, malheur à eux! (*Apercevant Clytie.*) Que fait là cette jeune fille?..

CLYTIE, *à part.* Comme elle me regarde!

DIANE. Que demandes-tu, jeune fille?

CLYTIE. Oh! rien!

DIANE. Tu ne t'es pas placée sur mon passage sans avoir un projet...

CLYTIE. Eh bien! madame la déesse, puisque vous me le demandiez... oui! j'ai une grace à solliciter de vous...

DIANE. Parle!

CLYTIE. Voyez-vous? vous êtes déesse; moi pas; vous êtes immortelle, moi pas; vous dédaignez les hommes...

DIANE. Eh bien?

CLYTIE. Vous qui êtes sûre d'être toujours jeune et jolie, vous vous dites en vous même : si un jour je change d'avis, je serai encore en mesure.

DIANE. Quel est ce langage?

CLYTIE. Tandis que moi, voilà que j'ai seize ans, je suis menacée d'en avoir dix-sept l'année prochaine; je vieillis et je ne sais comment faire, car les hommes sont de grands misérables, à ce qu'on dit.

DIANE, *à part.* Elle a du bon, cette jeune fille... (*Haut.*) Est-ce bien sincère, ce que tu me dis là?

CLYTIE. Si c'est sincère, grand Dieu!.. c'est-à-dire, grande déesse!

Air *du Baiser au Porteur.*

Ces homm's qui se prétend'nt nos maîtres,
Et qui n' le sont qu'en fait de trahison,
Ce sont des gueux, des scélérats, des traîtres!

DIANE.

Oh! mon enfant! vous avez bien raison!

CLYTIE.

Or, vous allez comprendre ma raison :
A tant de maux, l'ignoranc' nous expose!
S' mettre en colèr' sans motif, c'est commun,
Pour les haïr en connaissanc' de cause,
J' voudrais au moins en avoir un.

DIANE. Quelle audace! ignores-tu donc, jeune insensée, que je suis la déesse de la chasteté?

CLYTIE. Raison de plus; ça fait que vous ne serez pas jalouse.

DIANE. Et si je consentais à protéger tes penchans, ce qui pourtant ne convient guère à ma position... dis-moi, as-tu fait un choix?

CLYTIE. Eh! mon Dieu, oui!

DIANE. Qui?

CLYTIE. Un drôle!

DIANE. Un drôle! ce n'est pas une profession!

CLYTIE. Il est séducteur de son état, et chasseur par goût... il en est insupportable; c'est un homme des bois.

DIANE. Son nom?

CLYTIE. Actéon! il n'est pas bien joli.

DIANE. Si, Actéon, c'est doux!

CLYTIE. Je ne parle pas de son nom, je parle de lui.

DIANE. Bien, bien... alors, pourquoi l'aimes-tu?

CLYTIE. C'est qu'il était si galant; la première fois que je le rencontrai, il me fit présent d'un canard sauvage qu'il venait de tuer; la seconde fois, il m'en donna quatre; ah! j'avoue que ce procédé m'alla au cœur... quatre canards!

DIANE. Et c'est là ce qui t'a séduite, pauvre innocente! tu aimes donc bien le canard!

CLYTIE. Dam'! résistez donc à des choses comme ça... mais ce n'est pas tout... Ah! ah!

Elle sanglotte.

DIANE. Qu'as-tu à pleurer?

CLYTIE. A présent, il me fuit, le monstre, et il ne parle plus du tout de m'épouser!

DIANE. Mais peut-être devrais-tu être contente de sa conduite... il te fuit pour ne pas te tromper...

CLYTIE. Il aurait bien dû me fuir plus tôt!

DIANE. Que veux-tu dire?.. il aurait abusé de son rang au point...

CLYTIE. Mais c'était bien me tromper que de me promettre le mariage et de m'abandonner ensuite.

DIANE. Ah! il t'avait promis...

CLYTIE. Bien plus... il en avait fait le serment, sur votre propre autel.

DIANE. Profanation! le traître a souillé mon temple d'un parjure, qu'il soit puni; tu seras vengée, jeune fille!

CLYTIE. Oh! ne le faites pas trop mourir; voyez-vous?.. il a reçu de mauvais conseils; il a un vieux précepteur bai-brun.

DIANE, *vivement*. Le centaure?..

CLYTIE. Chiron! qui est le plus méchant des animaux.

DIANE, *à part.* Diable! (*Haut.*) Ecoute, jeune mortelle, le centaure Chiron est mon homme... ou plutôt mon cheval de confiance... punir son élève, ce serait le désobliger beaucoup. En attendant que je sois en mesure de te venger comme il convient, je t'admets au nombre de mes nymphes...

CLYTIE. Eh mon Dieu! je le veux bien.

DIANE. Après toutefois que tu auras subi l'épreuve à laquelle sont soumises toutes les beautés de ma cour.

CLYTIE. Et quelle est cette épreuve?

DIANE. Oh! une bagatelle... tu monteras sur un bûcher enflammé, devant ma statue; si tu as été sage, la flamme te respectera, si tu me trompes, tu seras consumée sans qu'il en reste vestige.

CLYTIE. Oh! oh! (*A part.*) Ça mérite réflexion, ça!

DIANE. Tu hésites?

CLYTIE. Dame! c'est que... (*A part.*) Au fait, si toutes ces demoiselles... je ne vois pas pourquoi j'aurais peur. (*Haut.*) Et vous me promettez, ô déesse, qu'à cette condition, vous punirez Actéon.

DIANE, *étendant le bras.* Par Jupiter!

CLYTIE, *d'un air résolu.* Allons! je suis des vôtres.

DIANE. J'entends le galop de Chiron... nymphes, conduisez cette néophite à mon temple, je vous rejoins à l'instant pour lui faire subir la grande épreuve; mais, avant, je veux parler au centaure.

CHOEUR.

Air *des Fileuses.*

Notre maîtresse l'ordonne,
Vite, allons! il faut partir!
Aux ordres qu'elle nous donne
C'est un plaisir
D'obéir.

Clytie et les nymphes sortent par le fond.

SCÈNE III.

DIANE, LE CENTAURE CHIRON.

Chiron a le train de derrière d'un cheval et la tête et les jambes d'un homme; il a une perruque poudrée, des bottes avec des éperons.

DIANE. Voici le centaure... pourvu qu'il ait découvert la retraite de mon cher Endymion!

CHIRON, *entrant par la gauche.*

Air : *La Meunière du moulin à vent.*

Ici, j'arrive en galopant,
Voilà ma manière;
On peut me confier, vraiment,
Le soin d'une affaire!
Je sais la mener rondement,
Car, je suis, pour mon agrément,
Cheval par derrière,
Homme par devant.

DIANE. Ah! vous voilà de retour, Chiron!

CHIRON. Déesse! je vous présente mes civilités. (*Il caracole et il hennit.*) Hi, hi, hi!

DIANE. Eh bien! avez-vous découvert la retraite de mon volage, de mon cher Endymion!

CHIRON. Oui, déesse... Ah! c'est un beau berger, un fameux berger.

DIANE. Parbleu!.. et où s'était-il réfugié, l'ingrat!

CHIRON. En Arcadie! lui et son troupeau, ils habitent un cabinet garni, d'une grande malpropreté...

DIANE, *à part*. Le perfide! lui qui pourrait vivre à ma cour... entouré de soins et d'hommages! (*Haut.*) Eh bien! comment l'avez-vous trouvé?

CHIRON. Sans habit, ni veste, ni...

DIANE. Fi!

CHIRON. C'est le costume national des habitans de l'Arcadie, ce qui fait que, dans ce pays, les tailleurs sont obligés de se faire clercs de notaire pour vivre; et comme il n'y a pas de notaires, ils s'en vont, n'ayant pas d'emploi.

DIANE. Mais quel tissu de bêtises me contez-vous là, centaure Chiron? je vous demande comment il a accueilli votre démarche.

CHIRON. Ah! bon!.. J'entre dans son hôtel, je dis au portier (qui était aussi sans habit, ni veste, ni...) : Je suis le centaure Chiron, je viens de la part de Diane, pour enlever Endymion! Le portier me dit : Endymion! un berger? au cinquième, la porte à gauche. Bon! j'y grimpe, je frappe! — Qui est là, me crie-t-on?.. — Le centaure Chiron, sacrebleu! — Ah, ah! est-ce le centaure Chiron dont parle Chompré? — Lui-même! — Entrez! — J'ouvre... j'entre... je le trouve...

DIANE, *avec intérêt.* Était-il seul, l'ingrat ?..

CHIRON. Non !

DIANE, *à part.* Je m'en doutais.

CHIRON. Son troupeau était sorti ; mais il avait gardé avec lui un veau, qui était malade.

DIANE. Il n'y avait pas de bergère ?

CHIRON. Ni de chaise...

DIANE, *à part.* Je respire !

CHIRON. Je lui dis ces mots : Est-ce vous qui êtes le berger Endymion, si connu dans la fable ? Il me dit : c'est moi ! bon ! je lui dis : Je viens de la part de Diane, déesse de la chasse, vous dire qu'elle est éprise de vous... Elle vous prie de passer dans l'Olympe, au premier moment, pour vous entendre avec elle à cet égard-là.

DIANE. Vous auriez pu, Chiron, vous servir d'expressions plus dignes de moi ; qu'a-t-il répondu à cela ?

CHIRON. Alors, voilà un berger qui se met sur son séant, et qui me dit : comme ça se trouve ! je l'adore aussi depuis plus de sept mois...

DIANE, *avec joie.* Lui ! il t'a dit cela ?

CHIRON. Et il a ajouté : je l'aime depuis sept mois, au point de négliger ma profession... mes moutons errent à l'aventure, et je les laisse se livrer à tous les déréglemens de leur âge... et puis il a porté la main à ses yeux, comme ça...

DIANE. Vraiment?

CHIRON. C'était pour éternuer...

DIANE, *avec joie*. Est-il possible? j'étais aimée!

CHIRON. Comme un fou!

DIANE. Et tu l'as enlevé?

CHIRON. Net! en croupe! il voulait emmener son compagnon; je n'ai pas voulu, je me suis un peu privé du veau.

DIANE. Tu as bien fait, et en route que t'a-t-il dit?

CHIRON. Oh! déesse! il n'a cessé de me vanter vos grâces, votre habileté à la chasse, votre chasteté!

DIANE. Que je suis heureuse!

CHIRON. Il a le cœur si plein de sa passion, que votre nom suffit pour lui faire perdre la tête; il est passé près de nous, deux tambours qui battaient la Diane; il sautait sur mon dos de la manière la plus pénible... en me disant : c'est la Diane!

DIANE, *avec bonheur*. Endymion, tu m'es donc resté fidèle?

CHIRON.

Air *de Julie.*

Il m'a chanté tous les morceaux d' musique
Pleins d'un éclat si suave et si doux,
Pris dans un opéra-comique,
Où récemment on a parlé de vous;
Cett' poésie, il l'a si bien comprise,
Que par respect et sans y rien changer,
A l'avenir le fidèle berger!
Prendra ces vers-là pour devise!

DIANE. Quel dévouement! Et pourquoi ne l'avez-vous pas amené jusqu'ici?

CHIRON. Déesse!.. c'est qu'il lui faut le temps de passer un habit... cependant, si vous-voulez...

DIANE. C'est bien... (*D'un air mystérieux.*) Vous le conduirez dans mon temple, à Ephèse; je dirigerai ce soir ma chasse de ce côté, et je le rencontrerai... comme par hasard!..

CHIRON, *hénissant.* Hi, hi, hi, hi!

DIANE. Chiron! vous avez ma confiance! pas un mot de tout ceci à mes nymphes!

CHIRON. A qui le dites-vous? elles sont cancannières comme des sages-femmes!

DIANE.

Air : *Final de la Prova.* (Pilati.)

Au revoir,
A ce soir;
Soyez leste,
Soyez preste,
Et servez, en ce jour,
Mon cœur et mon amour!
Il faut taire
Ce mystère?

CHIRON.

J'en sens l'utilité,
Oui, princesse,
Oui déesse
De la chasse... tété!

ENSEMBLE.

Au revoir,
A ce soir;
Je s'rai leste,
Je s'rai preste,
De tout cœur, en ce jour,
Je servirai votre amour!

DIANE.

Au revoir, etc.

Elle sort.

SCÈNE IV.

CHIRON, *seul.*

Porter encore cet animal d'Endymion à Ephèse!.. quelle course!.. c'est qu'il est très lourd! je n'ai jamais transporté de si gros berger. Diane ne m'a jamais rendu justice; je ne suis qu'un demi-cheval, elle me traite comme un limonier. Dans quelle abjection suis-je tombé, mon Dieu! moi le professeur d'Achille et d'Actéon... d'Achille surtout Quant à mon pauvre Actéon... (*On entend un bruit de chasse.*) Mais le voilà, sans doute; eh! mon Dieu, oui, c'est lui... il maigrit beaucoup.

SCÈNE V.

CHIRON, ACTÉON.

Actéon a le costume grec; un carquoi sur le dos et un arc à la main; il porte des lunettes.

ACTÉON *s'avançant en scène, les yeux baissés et d'un air mélancolique, sans voir Chiron.*

Air *du chœur des chasseurs de Robin.*

Chasseur langoureux,
Cupidon me dévore,

Je pars dès l'aurore;
Déjà fiévreux.
Bientôt, je l'atteste,
J'aurai, si je vis encor,
L'embonpoint funeste,
D'un hareng-saur,
Je n'suis plus ingambe,
Je sens que j'me flambe,
Je n'ai plus de gras d' jambe,
Chez moi tout s'en va.
Pour moi plus de joie!
Ça m'attaqu' le foie,
Et je suis en proie
A des douleurs...

CHISON, *s'avançant.*

Où ça...

ACTÉON. Ah! c'est vous, Chiron!.. vous me demandez où je souffre?..

CHIRON. Oui!

ACTÉON. Pauvre vieux malheureux Chiron que vous êtes!.. où je souffre?.. Donnez-moi votre main...

Mettant la main de Chiron sur son cœur.

C'estlà!
Holà là,
C'est là (4 *bis*)

Holà! là!

Oui, oui, Chiron! c'est là...

ENSEMBLE, *d'un air tendre et à demi-voix*

C'est là!

Holà! là! etc etc.

CHIRON. Et où as-tu attrapé cette incommodité-là?

ACTÉON. O mon maître! ô mon précepteur!.. faut-il vous l'avouer franchement?

CHIRON. Oui, mon ami!

ACTÉON. Eh! bien je ne vous cacherai rien. (*Il l'enmène de l'autre côté et lui dit d'un air mystérieux*) : Je l'ignore!

CHIRON, *étonné*. Ah! bah!

ACTÉON. Ce qu'il y a de certain, c'est que je n'y suis plus du tout; c'est que, depuis quinze jours que je suis dans cet état-là, je fais bêtise sur brioche.

CHIRON. C'est pénible...

ACTÉON. C'est dégoûtant!.. voilà où l'amour m'a réduit...

CHIRON. l'amour... c'est donc toujours cette petite Clytie qui te tient au cœur...

ACTÉON. Clytie!.. ah! bien oui... je ne peux plus la sentir... je l'exècre! j'aime ailleurs, Centaure Chiron.

CHIRON. Qui?

ACTÉON. Une déesse...

CHIRON. Hi, hi, hi!..

ACTÉON. Chut, pas de bêtise! pas de cris!

CHIRON, *étonné.* Ah, bah! et qu'elle est elle?..

ACTÉON, *avec mystère!* La chose de la chasse.

CHIRON. Diane!.. ô ciel! hi... hi... hi...

ACTÉON. Pas de bêtises, pas de cris!

ACTÉON, *d'un air égaré.* Elle s'est emparée de ma vie!.. je ne bois plus, je ne mange plus, je végète, je ne suis plus un homme, je suis un châtaignier, une citrouille, un tubercule. Le jour, je ne vois qu'elle; je cours dans les bois, comme un aveugle qui a égaré... ce que vous savez... la nuit, je fais des rêves... horribles!.. je la tutoye et je lui dis des inconvenances.

CHIRON. Dans quel état vous êtes!

ACTÉON. Centaure Chiron!.. je suis spirituel, bien certainement, mais je suis amoureux...

CHIRON. Hélas! l'un n'empêche pas l'autre.

ACTÉON. Vous, vous êtes à moitié bête, mais vous êtes médecin... l'un n'empêche pas l'autre, non plus... donnez-moi un remède... un remède quelconque... indiquez-moi un moyen de me faire adorer de Diane... Elle est déesse, c'est vrai; mais moi je ne suis pas issu d'une famille d'insectes. Mon grand père, Cadmus, a inventé l'écriture... ce n'est déjà pas une chose si minime, ça! Si vous lui mettiez cette considération sous les yeux, je ne la crois pas sans valeur.

CHIRON. Mauvais moyen! il vaut mieux lui parler toi-même...

ACTÉON. Mais comment?..

CHIRON. Ecoute! tu vois bien cette fontaine, là-bas, derrière les roseaux?

ACTÉON, *après avoir regardé.* J'ai le plaisir de la voir.

CHIRON. C'est la fontaine de Jouvence.

ACTÉON. Qui rajeunit?

CHIRON. Précisément.

ACTÉON, *avec joie et vivement*: Ah! nom d'un chien! j'y saucerai ma casquette qui est accablée par l'âge et les infirmités.

CHIRON. Ce soir, à la nuit tombante, Diane et ses nymphes viendront s'y baigner...

ACTÉON. Ah! diable!

CHIRON. Place-toi sur son passage; jette-toi à ses pieds, avoue-lui ton amour... et tout sera dit.

ACTÉON. J'ai mieux que ça, j'ai mieux que ça !

CHIRON, *étonné.* Quoi ?

ACTÉON. Je préfère me cacher tout près, tout près, tout près de la fontaine... J'ai mon petit plan!.. Oh! je donnerais six francs d'une lorgnette !

CHIRON Y pensez-vous?..

ACTÉON. J'ai tout prévu. Vous savez que je nage comme une grenouille... vivante... quand une fois ma déesse sera dans le bain avec toute sa suite, qu'est-ce que je fais, moi?

CHIRON. Tu m'épouvantes!

ACTÉON. Je me glisse entre deux eaux; je me joue gracieusement dans l'onde, et je me confonds parmi les nymphes, comme ça...

Il prend des poses gracieuses.

CHIRON. A la bonne heure! à la bonne heure; mais je doute qu'elle te prenne pour une nymphe!

ACTÉON, *d'un air de pitié.* Chiron! que vous êtes jeune!.. quand je me serai joué gracieusement, d'après les procédés usités chez les tritons, je demanderai la déesse en mariage.

CHIRON. Je n'ai jamais vu un plan plus imbécille... Elle sera furieuse!

ACTÉON. Furieuse! autre plan; alors je fais du scandale dans l'eau; je bats les nymphes, je les roue de coups... les nymphes.

CHIRON. Malheureux chasseur! mais tu cours à ta perte! d'abord, tu as un rival?

ACTÉON, *stupéfait*. Un rival? qui ça?

CHIRON. Endymion.

ACTÉON, *furieux*. Oh! le gueux! j'en ai jamais entendu parler! qu'est-ce qu'il fait?

CHIRON. Berger.

ACTÉON, *d'un air confondu*.. C'est propre! et elle me préférerait un gardeur de bestiaux! un homme qui passe sa vie à traire des brebis!! c'est un état, ça? allons donc, Chiron! allons donc, Chiron! faites-y attention, mon cher ami, il y a des momens où c'est votre train de derrière qui domine dans vos raisonnemens!

CHIRON. Taratata! te voilà averti; sois prudent, sois adroit... Je connais Diane, on n'attrape pas les mouches avec du vinaigre; mieux vaut douceur que violence; le chemin le plus long est souvent le plus sûr... che va piano, va sano... il faut garder une poële pour la soif... un bon chien vaut mieux que deux tu l'auras!

ACTÉON. *étonné.* Devenez-vous fou, Centaure Chiron? (*A part.*) Qu'est-ce qu'il a donc à évacuer des proverbes comme ca?

CHIRON. Je connais Diane! méfie-toi, méfie-toi.

ACTÉON. Je verrai! (*A part.*) Je donnerais douze francs d'une lorgnette!

CHIRON.

Air *de la Galopade.*

A tantôt! *bis.*
Moi, je pars au galop,
De l'adresse,
Et ta maîtresse
D'abord t'écoutera,
Et bientôt fléchira
Et puis après te cédera.
A tantôt *bis.*

ACTÉON.

A tantôt! *bis.*
Il me quitte au galop;
Quelle ivresse!

Quoi ! ma désse
Dabord m'écoutera
Et bientôt fléchira,
Et puis après me cédera,

Chiron sort en galoppant

SCENE VII.

ACTÉON, *seul.*

Oui, oui, ma Diane! je vais te guetter; ô Dieu! quand je pense à ça... brrr! c'est drôle!.. Quant à cette petite saltimbanque de Clytie, ce n'est pas qu'elle soit trop délabrée; pour délabrée; elle ne l'est pas... elle est même .. drôlette... elle a un petit nez tout cocasse et qui aurait pu, à la rigueur, embellir ma vie; mais j'aime diablement mieux une déesse... pour six raisons : la première, c'est que c'est bien plus rare... les cinq autres, je les ignore.—Oui, mais comment la guetter sans être aperçu?.. Ah! si je pouvais obtenir d'être transformé en quelque chose... avec des ailes... ou, en n'importe quoi... avec des pattes... ça ne serait pas mal, ça! Jupiter me le doit; si j'épouse Diane, il devient mon beau-père et il est bien permis de faire une petite avance à son gendre. O Dieu! Jupiter, je t'invoque, mon pauvre ami, je t'invoque! Cristi! ne me refuse pas ça : je te donnerai un reçu!

Air: *de la Chatte métamorphosée.*

Change, change-moi,
Mon cher Jupin, je t'en supplie,
Que j' puiss', grâce à toi,
Calmer l'effroi
D' femme jolie;
Tu sais pourquoi,
Comme un poisson léger
Que je puisse nager,
Fais-moi passer goujon
Ou barbillon,
Ou bien, au bord des eaux,
Au milieu des roseaux,
Ah! rends-moi champignon...
Ou cornichon.
Change, change-moi, etc.

Chang' moi d' forme et de nom,
Fais-moi, mon garçon,
C'que tu fais chaqu' saison
Pour le hann'ton!
Fais-moi buse ou coucou,
Fais-moi perdrix (sans chou)
J'prendrais mêm' sans chagrin

L' rôl' d'un s'rin,
Change, change-moi,

Eh bien!.. (*Il s'agite comme pour faire tomber ses vêtemens.*) Je ne change pas? Il parait que Jupiter ne se soucie pas de faire cette affaire-là avec moi.

SCENE VIII.

ACTÉON, CLYTIE, *au fond sans être vue d'Actéon.*

CLYTIE, *à part.* Actéon!.. Écoutons!

ACTÉON, *d'un air décidé.* Eh bien! tant pis... Diane va passer là, avec ses nymphes... j'en suis trop amoureux pour reculer.

CLYTIE, *à part.* Amoureux de la déesse!.. le monstre?

ACTÉON. Je la suis de l'œil, et une fois que Diane sera immergée... oh! Dieu! je donnerais dix-huit francs d'une lorgnette!

CLYTIE, *s'approchant.* Qu'est-ce que c'est que ces projets-là! indigne que vous êtes!

ACTÉON. *stupéfait à part.* Clytie! je tombe! je voudrais une canne.

CLYTIE. Vous voulez surprendre ma déesse au bain?

ACTÉON. Ta déesse!

CLYTIE. Oui, monstre! je suis nymphe de Diane; il l'a bien fallu! mais je sais tout et je cours la prévenir.

ACTÉON, *effrayé.* Arrêtez!.. (*D'un air piteux.*) Clytie! auras-tu la chose de vendre la mèche?..

CLYTIE. Oui!

ACTÉON, *vivement et à part.* S'il est possible! un être que j'ai comblé de canards sauvages! voilà bien les femmes!!

CLYTIE. Osez-vous lever les yeux devant moi, parjure que vous êtes?

ACTÉON. Clytie, je t'en prie, pas de bêtises, pas de cris!.. tu as surpris mon secret... oui, j'aimeDiane...j' suis fou d'elle... j'en suis crétin!

CLYTIE. Et il me le dit... encore!

ACTÉON. Ne me trahis pas... Voudrais-tu me faire punir? voudrais-tu m'exposer au sort d'Ixion qui tourne sur une roue éternelle, comme un déplorable écureuil?.. Clytie!..

CLYTIE. Qu'est-ce que ça me fait?

ACTÉON. Voudrais-tu m'exposer au sort de Prométhée qui joue le rôle d'un colifichet vis-à-vis d'un oiseau qui est occupé à le béqueter incessamment? Clytie!..

CLYTIE. Mais qu'est-ce que ça me fait ? quand vous m'avez trompée, moi, pauvre fille, qui vous croyais de bonne foi...

ACTÉON, *d'un ton caressant.* Moi! mais je t'aime, Clytie, je t'aime toujours. ça n'empêche pas! un cœur pour deux amours! veux-tu de l'or? veux-tu des pierres fines? Veux-tu que je te fasse un petit magot pour épouser un homme de ta classe?

CLYTIE. Insolent!

ACTÉON. Veux-tu un baiser... avec prime.

CLYTIE, *avec humeur.* De vous?..

ACTÉON. Clytie! ô ma Clytie! Veux-tu un gage de ma tendresse? veux-tu mes cheveux? tonds-moi!

CLYTIE. Qu'est-ce que vous voulez que je fasse de vos cheveux?..

ACTÉON. Tu me désoles! tu veux me trahir!.. eh bien tu sera cause de mon décès! oui, mais tant mieux! tu aura des remords... tu en auras qui te gêneront sur tes vieux jours!.. ah! voilà une vieille femme qui sera à plaindre dans l'âge caduc!.. avoir fait périr un chasseur qui la chérissait!..

CLYTIE.

Air *Des trois couleurs*,

C'est un' couleur, Actéon, qu' vot' tendresse,
J' n'en suis pas dup'; croyez pas m'abuser,
C'en était une encor que c'te promesse
Qu' vous m'avez fait' jadis de m'épouser;
Second' couleur dont vous vouliez user;
Troisième couleur, et c'est là la plus noire,
Vous v'nez renouv' ler tous vos sermens trompeurs

ACTÉON, *à part*.

N'y a pas moyen de lui fair' rien accroire,
J'vois à son air (*bis*) qu'ell' sait les trois couleurs.

CLYTIE. Et, de ce pas, je vais avertir Diane...

ACTÉON, *effrayé*. Clytie! reste là... écoute, Clytie! tu sais mon adresse...

CLYTIE. Que j'aille chez vous?.. par exemple!

ACTÉON. Oh, to, to, je te dis : tu sais, mon adresse.. tu sais comme je suis adroit, eh bien! je te jure que, si tu veux me servir dans mon intrigue, il n'est pas un espèce de gibier qui te devienne étrangère.

CLYTIE. Pour qui me prenez-vous?

ACTÉON, *avec feu.* Aimes-tu le bouillon de tortue?

CLYTIE, *étonnée.* Comment?

ACTÉON, *avec véhémence.* Clytie! oh! Dieu! c'est avec ça que les plus grands marins se retapent leur pauvre estomac racorni par la navigation, et qu'ils arrivent au grade de vieillard... si mon grand-père vivait, Clytie, il aurait cent-trente ans à l'heure qu'il est... par le bouillon de tortue.

CLYTIE. Mais que voulez-vous dire?

ACTÉON. Eh bien! si tu me promets d'être discrète, tu sais comme je suis agile à la course... je t'alimenterai de tortues jusqu'à la fin de tes jours. Je t'en fournirai, ô ma Clytie... je veux qu'on dise : mais où cet animal-là prend-il toutes les tortues qu'il offre à sa bien aimée? il en fait donc Ah! on ne connait pas la puissance de l'amour.

CLYTIE. Quoi! si je consens à ne pas vous trahir...

ACTÉON, *se jetant à ses genoux.* Amour et tortue, voilà ma devise!.. Tu connais mon vœu... Obtempères-y.

CLYTIE. Comment dites-vous?

ACTÉON, *avec feu.* Je te dis : Obtempères-y ; condescends-y ! cette fontaine... ô Clytie, mène-m'y, conduis-my !

CLYTIE, *à part.* Il parle italien !

SCÈNE IX.

Les Mêmes, DIANE, et ses Nymphes.

DIANE, *et les Nymphes poussant un cri.)* Ah !.. que vois-je !..

ACTÉON. Diane !.. je suis tremblant comme une gelée au rhum...

CHŒUR.

Air : *Mon voisin.*

Insolent ! téméraire !
Tu voulus l'outrager !
Un trépas exemplaire,
Bientôt va la venger.

DIANE, *à Actéon.* Jeune audacieux ! que faisais-tu aux pieds de cette nymphe ?

ACTÉON. Nous parlions politique.

DIANE, *à Clytie.* Quel est ce jeune homme?

CLYTIE, *les yeux baissés.* Déesse !.. c'est le particulier... en question.

DIANE. L'homme aux canards ?

CLYTIE. Lui-même.

DIANE, *avec fierté.* Audacieux mortel !

qui t'a donné le droit de venir parler politique à mes nymphes? qui es-tu?..

ACTÉON, *saluant avec crainte.* Jean Actéon, petit-fils de Cadmus, qui a inventé les accens circonflexes.

DIANE. Mais, par Jupiter! ce n'est pas là ce que je te demande! que disais-tu à cette jeune vierge?

ACTÉON, *jetant un cri, à part.* Oh! ça ne fait rien... (*Haut.*) Jean Actéon, petit fils de Cadmus, inventeur...

Il dessine un accent circonflèxe avec son doigt.

DIANE, *en colère.* As-tu juré de mettre ma patience à bout, misérable mortel?

CLYTIE. Ah! déesse, daignez lui pardonner... ce malheureux est devenu imbécile.

ACTÉON, *sévèrement.* Clytie!..

CLYTIE, *l'interrompant.* Oui, déesse, il me parlait de sa passion...

DIANE. A toi?.. à une de mes plus chastes nymphes?

ACTÉON, *à part.* Oh!.. ça ne fait rien...

DIANE, *à Actéon.* Réponds!

ACTÉON, *avec sentiment.* O Diane!.. ô déesse de la chasse, ô fille de Latone (et probablement de Jupiter) nièce de Pluton, petite-fille de Saturne (que je regarde comme un vieux acrobate, puisqu'il mange ses enfans, ce qui leur nuit beaucoup...)

DIANE. Insolent!

CLYTIE. Grâce, déesse!

ACTÉON, *levant vivement la main.* Pas de bêtises, pas de cris... ce que vous dit cette jeunesse est historique... eh bien! oui, je lui ai parlé de ma passion...

DIANE. Tu en conviens?

ACTÉON, *levant encore la main.* Pas de bêtises!. pas de cris!.. oui, déesse, mais ce qu'elle ne vous a pas dit... (Ah! la gaillarde!) (*A Clytie.*) Tu ne lui a pas dit ça, toi... c'est que ce n'est pas elle que j'aime.

CLYTIE, *effrayée.* Arrêtez, Actéon!

ACTÉON. Oui, grande et forte déesse! punissez-moi, frappez-moi, lâchez vos chiens, mettez-moi en loques, arrachez-moi le nez et jetez-le au caprice du vent... et que les populations effrayées s'écrient en le voyant voltiger : Voilà le nez d'un scélérat qui passe!.. n'importe, il faut que je parle, je n'y tiens plus.

DIANE. Mortel? quel est donc l'objet d'une passion si furieuse? tu m'intrigues.

ACTÉON. Hélas! faut-il vous le dire?

DIANE. Parle, je te l'ordonne?

ACTÉON. Eh bien, c'est vous!

DIANE, *avec violence.* Moi?

LES NYMPHES. Ah !..

ACTÉON. Pas de bêtises! pas de cris!

DIANE. Méprisable reptile !..

ACTÉON. Jean Actéon, petit-fils de Cadmus...

DIANE. Tu as osé élever tes vœux jusqu'à la déesse de la chasteté?..

ACTÉON. Qui a inventé les accens circonflexes.

DIANE, *aux nymphes.* Nymphes de Diane! que ce misérable soit saisi et donné comme curée à ma meute...

ACTÉON, *à part, fort étonné.* Elle me nomme leur curé! ah, bah!

CHOEUR DE NYMPHES.

Air : *Mon voisin.*

Insolent téméraire!
Tu voulus l'outrager,
Un trépas exemplaire
Bientôt va la venger.

ACTÉON. Comment, grande Diane, est ce que vous auriez le cœur... car enfin, d'après ce que j'ai pu démêler dans le morceau d'ensemble que ces jeunesses viennent d'exécuter... vous voudriez... allons! allons! c'est un procédé que je qualifie de petit :

CLYTIE, *se plaçant entr'eux.* O déesse! pardonnez-lui! cet infortuné!.. il est plus bête que méchant.

ACTÉON, *avec fierté.* Clytie!

DIANE. Au fait, les injures de ce mortel ne sauraient m'atteindre... Je lui laisse la vie; mais qu'il y prenne garde!.. si, à l'avenir, il ose lever les yeux sur moi, s'il ose paraître à ma vue, à l'instant même...

ACTÉON. Quoi?

DIANE, *d'un air menaçant.* Il verra... il verra! Venez, mes compagnes.

DIANE *et les* NYMPHES.

Air : *Galop de Musard.*

Allons, partons soudain,
La chasse nous invite;
Puis, nous reviendrons vite
Goûter le plaisir du bain.

Diane et ses nymphes sortent.

SCENE X.

ACTÉON, *seul.*

Si à l'avenir il ose paraître à ma vue, à l'instant même il verra! — Cette proposition pourrait flatter un aveugle; mais, moi! oh! c'est inquiétant...Elle agit à mon égard comme une drôlesse!..Je voudrais la haïr; et quand je fouille dans mon ame, j'y trouve toujours ce malheureux amour qui m'incommode; je voudrais la fuir... eh bien! non! je suis attiré sur ses pas comme par une ficelle invisible à l'œil nu!.. c'est triste! c'est piteux! Et Chiron qui m'avait dit qu'elle m'écouterait...Ah! vieux Chiron que tu es! je n'ôte rien à ton intelligence comme cheval, mais comme homme, je te tarife à la hauteur d'un scarabée... Le voilà! qu'est-ce qu'il a?

SCÈNE XI.

ACTÈON, CHIRON.

CHIRON, *arrivant au trot, et traversant la scène à plusieurs reprises sans voir Actéon.* Ah! mon Dieu! ah! mon Dieu!

ACTÉON, *prenant la bride et courant avec lui comme au manège.* Holà! hé!.. ho! ho donc!

CHIRON, *s'arrêtant.* Ah! c'est toi, mon élève!.. Il m'arrive une chose lugubre!

ACTÉON. Et à moi donc?

CHIRON, *d'un air triste.* J'ai égaré Endymion!

ACTÉON, *avec joie.* Mon rival? ah! tant mieux! maudit berger! que Pluton te concasse!

CHIRON. Tu sais que Diane m'avait chargé de le transporter à Ephèse...

ACTÉON. J'ignorais ce fait.

CHIRON. Et quand j'ai été pour le prendre, le gueux n'y était plus.

ACTÉON. Oh! Dieu! ça remonte mes actions vis-à-vis de Diane; étant seul, je crains moins la concurrence.

CHIRON. Erreur! tu n'as pas les mêmes moyens de plaire à la déesse, tu n'es pas berger le moins du monde.

ACTÉON. Non, mais je suis chasseur au-delà de toute expression.

CHIRON. Tu ne sais pas jouer du chalumeau...

ACTÉON, *stupéfait.* Chiron! est-ce que vous avez bu? si vous avez bu, dites-le-moi, et je romps tout commerce avec vous jusqu'à ce que vous soyez remis.

CHIRON. Pourquoi me dis-tu ça?

ACTÉON. Comment? vous venez me dire que je ne sais pas jouer du chalumeau?

moi? moi qui suis un des premiers *chalumistes!* un élève de Tityre.

CHIRON. *Tityre, tu patulæ recubans sub tegmine fagi.*

ACTÉON. C'est son neveu... celui qui a repris son fonds.

CHIRON. Mais tant mieux, mon ami!.. ton succès auprès de Diane est assuré. Son cœur est insensible; mais c'est toujours par les oreilles qu'on l'a prise...

ACTÉON. Elle a cela de commun avec les lapins! O Chiron! qu'est-ce que vous me dites-là? vous me faites sauter en l'air!.. Tenez! voilà des pipeaux... Allons, Chiron, prenons Diane par les oreilles... O Apollon... protège ton futur beau-frère!

Air : *J'entends au loin sa chansonnette.*

Allez, Chiron! j' pari' que j' vous dégote.
Fait's-moi l' plaisir de jouer un p'tit morceau,
J'en pince un peu, j' vous suivrai not' pour note,
Fait's le berger, moi je ferai l'écho.
Chiron joue la ritournelle.
Je suis charmé d' sa clarinette;
A mon tour il faut que j' répète,
Ecoutez, écoutez, m'y voici,
Oui,

Je crois que c'est ceci.

Actéon qui croit l'imiter, joue le refrain de la Monaco.

CHIRON. Ce n'est pas ça, c'est la Monaco que tu fais là!

ACTÉON, *étonné.* Bah!

CHIRON. Tiens! écoute bien! (*Chiron rejoue la fin de la ritournelle, Actéon joue le milieu de l'air de la Monaco.*) Arrête! arrête donc!.. tu retombes toujours dans la Monaco.

ACTÉON, *étonné.* Ah! c'est inouï que je produise un si grand nombre de Monaco! Changeons donc un peu. (*Il échange son chalumeau contre celui de Chiron : cette fois, il joue l'air indiqué par Chiron.*) Ah! est-ce ça?

CHIRON. Parfait!..

Chiron veut reprendre la ritournelle, et joue à son tour l'air de la Monaco.

ACTÉON. Vous êtes en pleine Monaco, mon cher! vous pataugez dans la Monaco.

CHIRON, *déconcerté.* C'est hideux ce qui m'arrive là!

On entend un bruit de cor.

ACTÉON. Paix! c'est ma déesse et ses nymphes!

CHIRON. Diane, qui se rend à la fontaine..

Diable!.. moi qui ai égaré Endymion... Sauve qui peut!..

Il se sauve. Diane et ses nymphes traversent le fond du théâtre.

ACTÉON, *à Chiron.* Cachez votre monaco!..

SCÈNE XII.

ACTÉON, *marchant avec précaution.*

Je les tiens! De quel diorama je vais jouir!.. Avançons à pas de chat.

CHŒUR DES NYMPHES, *hors de vue.*

Air du chœur des fiancés de Robin des Bois.

L'asile est sûr,
L'onde d'azur
Nous invite aux folies
Au sein des eaux,
Sous ces roseaux,
Jouons, nymphes jolies,
Aux sons joyeux
De chants harmonieux,
Nymphes de Diane,
Loin de tout œil profane,
Livrons-nous à nos jeux.

Pendant ce chœur, Actéon semble prêt à défaillir.

ACTÉON. Je perds la conscience de mes jambes. (*D'un air suppliant.*) Uranie! toi qui présides aux opticiens!.. je donnerais vingt-quatre livres d'une mauvaise lorgnette. (*On entend des éclats de rire.*) Voilà le vrai moment... voilà le quart-d'heure... Prenons mon billet au bureau... (*Il avance doucement et regarde du côté où sont les nymphes.*) Ah! je suis floué!.. elles ont des peignoirs!.. une, deux, quatre, six, sept... Je reconnais Caroline... supérieurement établie!.. et celle-là? ah! c'et Delphine... petite farceuse! elle est bien! (*Il jette un cri.*) Ah! voilà ma déesse!.. oh! sacrelotte!.. oh! sacrelotte! elle est cagneuse!.. voilà qui est insupportable pour une immortelle; ça lui durera plus long-temps qu'à une autre!..

CLYTIE, *sans être vue.* Garde à vous!..

ACTÉON. Dieu! Clytie m'a vu!.. elle donne l'alarme... c'est fait de moi!.. (*On entend des cris.—Eclairs et tonnerre.*) La nature entière est sous les armes! Oh! (*Il porte la main à sa tête, sur laquelle viennent de croître subitement d'immenses bois de cerf.*) Grand Dieu! qu'est-ce que je sens là?..J'ai une végétation sur le front... (*Il redescend rapidement le théâtre.*) Un perruquier! un perruquier!.. Ah! drôlesse! tu me joues un tour ignoble! Est-ce que c'est là un divertissement à mettre sur la tête d'un particulier?.. ça me gêne!.. je ne peux pas les regarder sans loucher. . Ah! grand Dieu! ah! grand Dieu! (*Il marche d'un air égaré.*) une déesse! me faire une gredinerie pareille... Allons, allons, ce n'est pas aimable... Et cette femme-là ne sera pas précipitée par les dieux au fin fond de ce qu'il y a de plus révoltant! je déclare que l'Olympe n'est tenu que par des escrocs et des polissons!

SCENE XIII.

ACTÉON, CHIRON.

ACTÉON, *pleurant.* Ah! c'est vous, Chiron?

CHIRON, *stupéfait.* Ah! grands dieux!

ACTÉON. Vous voyez devant vous un chasseur bien affligé.

CHIRON. Qu'as-tu donc sur la tête?

ACTÉON, *se baissant.* Je vous présente ce dont je jouis viagèrement, c'est gentil! c'est régalant!

CHIRON. C'est hideux! où as-tu attrappé ça?

ACTÉON, *désolé.* Ça se voit-il beaucoup?

CHIRON. Ça saute aux yeux.

ACTÉON. Je m'en doutais à la longueur!

Air *de l'Apothicaire.*

C'est un jeu de corn's tout entier,
Je conçois qu'un bœuf s'y résigne,
Je l' pardonne au cerf, au bélier,
Mais sur un chasseur, c'est indigne!
Quelle horreur! un chasseur cornu!
C'est inouï, c'est un scandale!
Je crois que ça n' s'est jamais vu...
CHIRON, *d'un air mystérieux*
Si! dans la garde nationale!
Oui, mon ami, cela s'est vu
Dans la garde nationale.

ACTÉON, *fort surpris.* Bah!

CHIRON, *bas.* On le dit... il y a même quelques bizets qui n'en sont pas exempts...

ACTÉON, *secouant la tête d'un air de doute.* Ça me paraît fort!.. mais, je ne peux pas rester comme ça... où trouverai-je un coiffeur pour me mettre cet inconvénient en papillottes... eh! mais, j'y pense! et ma meute!.. si elle m'aperçoit dans ce piteux état!.. mes chiens me prendront pour un cerf... ma conformation va les agacer... Oh! Chiron! oh! Chiron! ma situation est dramatique! Ah! les voilà!..

CHIRON. Non, c'est Diane...

ACTÉON. J'aime mieux ça!

SCENE XIV.

Les Mêmes, DIANE, CLYTIE, Nymphes.

CLYTIE *et les* NYMPHES, *entourant Diane et la suppliant.*

Air *du Calife.*

Accordez-lui votre pardon!..
Grace! grace! pour Actéon!..

CLYTIE. Ah! madame... madame... pitié! pitié!..

DIANE. Non, non!.. mille fois non!.. Un misérable qui a osé enfreindre ma loi, alarmer toutes mes nymphes par sa coupable curiosité. La vengeance de Diane le poursuivra jusqu'aux enfers.

ACTÉON, *à part.* Jusqu'aux enfers!.. il y a un fier ruban de queue, d'ici là... Oh! que je bisque! mon Dieu! que je bisque!

CLYTIE. Déesse! au nom de votre père...

DIANE. Jamais!

CHIRON, *s'avançant et à demi-voix.* Au nom d'Endymion!..

DIANE, *vivement.* D'Endymion! (*Bas à Chiron.*) Veux-tu te taire, imprudent?

CHIRON, *de même.* Je l'ai retrouvé et je l'amène ici; pardonnez à mon élève, ou je bavarde comme un vieux portier.

DIANE, *avec hésitation.* Chiron! vous abusez de ma faiblesse.

ACTÉON, *à part, avec joie.* Elle est collée, Chiron triomphe! (*A Diane.*) Oui, je suis coupable... oui, je me suis livré à une inspection déplacée, mais oublie mon audace, et que je puisse faire l'éloge de ton moral comme...

DIANE. Il suffit. (*A Chiron.*) Il s'exprime bien, ce jeune chasseur.

CHIRON. Hi! hi! hi! hi! c'est mon élève!

DIANE, *à Actéon.* Je te pardonne; mais, silence!

ACTÉON, *montrant son bois.* Vous me pardonnez! à la bonne heure, mais... cetté plaisanterie...

DIANE, *l'interrompant.* Je te donne Clytie pour femme...

ACTÉON, *montrant son bois.* Quoi! avec ça? déjà?... votre montre avance!

DIANE. Je te la donne pour femme... et je te délivre de l'ornement qui te gêne... Clytie, allez au bois!

Les cornes d'Actéon tombent.

ACTÉON. Je respire! je jouis d'un front pur et sans nuages.

DIANE. Mais, songes-y, mortel; si tu ne fais pas le bonheur de Clytie, je lui donne le pouvoir de te rendre ce dont je viens de te délivrer.

CLYTIE. Ah! ah!

ACTÉON. Eh bien, à la bonne heure, à la bonne heure... (*A Clytie.*) Je deviens ton mari, j'en suis horriblement flatté; mais, écoute, Clytie, si tu me fais les tours que je prévois... tu recevras une chasse... Oh! mais, la déesse des chasses!..

CHIRON. Hi! hi! hi!

LES NYMPHES, *riant.* Ah, ah, ah!

ACTÉON. Pas de bêtises! pas de cris!..

Au public.

Air *de Joseph.*

Vous le savez, je chasse comme un ange
Le p'tit gibier comme le gros;
Je chass' le loup, le tigre, la mésange,
L'hippopotame et les perdreaux.
Si l'on voulait m' fournir un minotaure,
Je chass'rais, messieurs, sans balancer:
chasse tout... et dans l' zèle qui m' dévore,
Vous êt's les seuls que je n' veuill' pas chasser.

CHŒUR GÉNÉRAL.

Air: *du Calif.*

Accordez-nous votre pardon
Grâce! grâce pour Actéon!

FIN.

Actéon